耳凪ぎ目凪ぎ

Mimi nagi
Me nagi

たかとう匡子

Masako Takatou

思潮社

耳凪ぎ目凪ぎ

目次

妙仙寺にて

耳凪ぎ目凪ぎ

遠ざかる時刻

装幀　井原靖章
切り絵　井原由美子

耳凪ぎ目凪ぎ

妙仙寺にて

終行に辿りつくのはいつ

一本の鉛筆になって寝ころがり
茶飲み話でも聞いているいい気分のはずだったが予期せぬ頭痛
両の手で頭頂を覆って
七転八倒
君が好きだよとさっき肩先にとまった詩
だったか
蝶だったか
あれよあれよ
どこかへ行ってしまった

無造作に詩作ノートひろげて
あてのないままページを跨いだ
ああ思い出の空き地に
ビルディングを建てたこともあった
レゴに夢中の幼な児の遊びを横目に鎚の音を響かせ
起点はたしかにあったのに
終点なく
ながれて消えた詩は
今むやみにわたしの膿瘍をかきむしる
頭痛は球体のように膨らんで
ますます激しく
耳のなかは
音の切れ端
影の群れ
縁側のむこうは

黄昏からすでに闇
肩先にとまった一行が詩であるという保証はない

*

さっき鏡台の底から古びた市松人形が這いだしてきたわ
詩のひとつにもなるんじゃないの
いつもの明るい母の声
母は詩を書かなかった
読んだことも
だいいち興味がなかった
それにもうこの世にいない
いないはずの母の声が
くるくるくるくるくるくる
回転したとみるまに
市松人形はいつのまにかわたしの頭蓋をこじあけて

きちんと正座している
こちらを見て笑っている
危ないですよ
路肩にぶつかったとしたら
濡れた路面でこけでもしたら
元の木阿弥
と言いかけて
〈あっ！　母さん〉
詩の一行が走りだしていくわ
人形語？
人語とはとうてい思えない
噛み合わないまま
噛み合うこともある
詩のひとつにもなるんじゃないの
と言ったそのとき

母の形見の鏡台の底から這いだした市松人形が
わたしの喉の奥へ笹舟に乗って渡ろうとしている
薄明のその先はぼんやり
言葉あたふた
あっちにふらりこっちにふらりして
詩のひとつにもなるんじゃないのはどこへやら

重い荷物

吹きさらしの風に音たてて転がるもみじ葉追いかける
黄をすぎ赤をすぎ
枝をはなれて地面いっぱいに敷きつめられて
堆積する枯れ葉という物量に腰をおろす
一匹の地域猫が膝小僧あたりにすり寄ってきた
きのうは小学校のサザンカの垣根をくぐっていた
神出鬼没は猫の作法
いつのまにかわたしのからだに居座っている
我慢するしかない
そのままにしておく

猫と同伴することになるとは思わなかった
それにしても
肩から腕にかけてのひどいしびれ
なにかもっと根深いとんでもないことがはじまるのでは
ぼつぼつ遺言のかたちでもよいから書き残しておいては
それもいいかと思っている
もみじ葉に占領されているのだった
だらだら坂の途中にある廃屋の窓枠に
すばやい夕暮れが描く直線
やがて曲線になり屈折する
見とれながら足を踏み入れるともう闇
肩から腕にかけての重い荷物は早急におろさねばなるまい
手探りで部屋の壊れかかったドアを開ける
いつのまにか居座る猫
それはまぎれもなくわたしだ

妙仙寺にて

痛みが流れこむ膝は妙仙寺へとつづく細い石段
暗く長く想像を絶する谷底
両脇のクスノキが枝葉をひろげている
こちらをめがけて覆いかぶさってくるのもある
見上げる空は樹木のすきまに遠く小さい
でもつつましいその空は好き

小振りの老人が石段に腰かけてたわいない独り言
通りすぎるとき愛想よく挨拶をしてくれる

陽は東から西へとめぐり真上にくれば日なたばかりになる
そのはずなのにいつだってそこは太古からの風吹いて
世界の果てというのはこういうところかも

和尚さんは
黄土色の袈裟を着てこの暗い細い石段をせわしげに
星がしずくになって落ちてくるのをてのひらに受けとめては
お経をあげる
檀家をまわる

境内のひろい敷地は空蟬でいっぱい
カヤツリグサ
ススキ
カエデ
鈴なりになって空蟬

しっかりつかまっている

池のまんなかの浮島は
あの小さい空はるかに遠い空
溺れたっていい気分
妙仙寺へとつづく長い細い石段からさらにつづくだらだら坂を七曲がり
その右手の崩れそうな門のもうほとんど見えない彫刻は左甚五郎作
門は役割を終え崩れるまま雨風に晒されて

ささささささ　と通り雨がきて
本堂のあたりに和尚さんの袈裟がちらと見えた
先祖代々の墓石には父の名が赤い色で刻まれている
その父はとうに亡くなっている
墓じまいをした空き地もちらほら

大地から離れたなんにもないその地
辿りつくまでそんなに遠くないと思う
膝の痛みが本降りになって腰椎にまで這いあがってきた
冷たさが立ち騒ぐ
ポケットのなかにもぐりこむ
お寺の鐘の音はきこえない

二月／骨について

骨と骨のあいだに居座っている
冬枯れは
やたらに細くて白くて左右に延び放題の佇まい
小学校の理科室で見た
人体模型の
肋骨
吹き抜けていく烈風
人と人とのつながりを切断する
目の前のテーブルに並べられた展示品

そんなにびくびくすることはないのだ
言い聞かせて引き返しはしたものの
この世のものとも思えない言霊《ことだま》たちがざわめきあっている
いつまで付き合わなければならないのか
今月の予定表はすでに詰まっている
余白はもうない
長逗留は禁物と自分に言い聞かせてぼんやりしていた
切れ目のない不確かな
裏も表もない
はみだしてしまいそうな場所で

ここは迷彩色の大きな布におおわれている
痛い痛いと口走っていた
そのとき

まだ若かった母が蛇口をひねって
お飲みなさいと言った
水
という言葉がひとりでにひろがっていく
一筋のあいまいな記述
均衡を欠く二月の位置

あばら骨に引っかかりながら
ふたまたに分かれたところで足すべらせた
落下
　墜落
　　滑落
補強されているはずの支柱に真っ逆さま
目を凝らせば
暗がりに骨しらじら

吊りさげるでもなく置いてあるでもなく
折れているのやひび割れているのや
補強の目安はたちそうにもない

遠ざかっていく跫音がかすかにする
人通りのない貯水池のわき腹あたり
なおもつづいている激痛は
あてもなく滑液に満たされ
内部へと染みわたる
ここは関節のなか
（かもしれない）

透き通った羽と白い胴体の冬の蝿がどこからか迷いこんできた
それは遅いとはいえ自分の足で歩いて移動する
しがみついて

カオスを生きる
〈いま・ここ〉の不毛
とりあえず手鏡を取り出して
二月の影を映す

災難

かかえきれない歳月が
春の嵐に吹きつけられ
きょうもまた傷口をひろげる

鳥が石になり魚が砂になった過酷な時代
と言った詩人がいた
そんな世紀は終わったというのに
しだいにゆらぎはじめている
条文として懐ふかく温めてきた文字そしてその文言

乱れた世をじっと醒めた目で見ていた
いいえ
見ていたとも見ていなかったとも言えない
目をつぶっているのが好きだった
見ないほうが楽だった

気づいたときたしかにあった
大きい箱
そして小さい今まで見たこともない
それも箱と名づけていいかどうかさえしれない扇型の箱

二階の窓の手すりにからだをあずけていたのだった
神屋町の古ぼけた家の
亡くなった祖父の退職金で買った

その二階の仏間にきちんと封印されてたしかにそれはあった
たとえ仮象の歳月がいっぱい詰まっていたとしてもその箱
こぼこぼとこぼれ落ちてどこかに行ってしまわれるわけにはいかない

ひどい嵐のなか葉っぱたちは狂暴にも
膝を折ったり
蹴りあげたり
窓ガラスを叩きつける夜

読書をした
歌を歌った
といっても
その本はすっかりまる濡れ
その声もすっかりまる濡れ

雨ざらしを抜け出して
大きいのと小さいその箱
さっそく行方を追わなければならない

定点幻想

寄せ木細工の
壁面の影濃く
得体の知れないものの声がのたうち断続する
眠れぬままに
羊の数をかぞえている
さりさりさりとかすかな音
剝がれる闇
その音のうえに手をかざしている
めぐりめぐっていつのまにかその手が風化する

まぶたに♪月の砂漠がせりあがってきた
といっても月はない
砂に洗われた砂砂砂の見渡すばかりの砂原だ
小学校の音楽の時間歌ったよね
動悸はげしく寝汗かいて
駱駝になったりなりそこねたり
繋がればいいのに切れてばかり
悲しくなって足を止めたこともあった

眠い眠いと言いながら
ねむれぬまま迷走
その欠落
風がひるがえって
無数の鬱屈を侵蝕する

水脈に佇む

行き暮れてきたのだった
若者らの電波に乗る陽気な歌とわたしの距離は
無限に遠く
鳥越橋を渡るころには水は容赦なく押し寄せ
水音だけが聞こえる宿の夜にさいなまれた

痩せた真っ黒の老犬二ひき引き連れて散歩する
孤独な男に軽く頭をさげて水門をくぐった
死を確認したのはそのときだ
しぶきが嗚咽にかわり不覚にも膝の皿を割った

犬たちがはげしく吠えた

手探りの所作のなかを追い立てられて歩いていた
いつのまにかてのひらに握りしめていた先の尖った岩石ひとつ
凶器になる
どこで手に入れたか
そこは沼だったか溜め池だったか
あるいは滝壺だったかも

コートの襟もとを立てて深い昏迷を歩く夜は
灌木のあいだを穿って崖の下をながれる天井川に落ち
宙吊りの壁にはばまれ
反転
血がにじんだこの爪のなま傷
あぜ道で土筆を摘んだ少女だったころにはなかった

悪あがきなのかもね、出口なし

その道は耳の奥の十字路
金色のひかりに照らされていた
小石に躓いたとき伝わってきたのは死者たちのうめき声
裂けて破片となり
鋭くとがった声の角が天空をとびこえて
ずっとずっと奥
たしかに耳奥
水への憧れをポケットにしのばせて歩いた

わかりやすい文脈だと錯覚したのも束の間
黄色い花弁のようなものが渦を巻き
その中心がかぼそくなって掻き消されていく
出会ったとたしかに思ったその光源
追いかけたけれども逃げられてしまった

その道はときどき出会う学習塾帰りの少年に教えられた
耳の奥の十字路ではいつだったか接触事故があった
ガードレールに沿ってまっすぐ南下すると海に出る
第三突堤
大型のコンテナ船がつながれている
濁った水面に釣り糸を垂らしている人もいる
耳の奥の十字路は黄色い花弁のなかでかすかに揺れていた

夜光虫が海面を染めるさざなみの隘路

金色の破片をつまみあげたとき
切り口がひらいた
三半規管が平衡を失ったかもしれない

耳の奥のずっとずっと奥
その十字路でガードレールにもたれて
相も変わらずひかりへの憧れを求めていた
だれに言うともなく
——ねえ　手を貸してよ
声にはなるのに目的地にたどりつけない
呼んでも叫んでも何の応答もない
悪あがきなのかもね、出口なし
夜光虫まみれ立ち往生

行方知れず

水の果てを言葉少なに
海松のにおいもすでに暮れて
たしかにその岐路を発ってきたのだった
そのとき足をすべらせた
転んで膝小僧に血がにじみ
からだがほてって
秋の風
おもむろに途切れた記憶ひきずりだして
あれは何だったのか

だれにともなく問い

花も木もなく
遊具なく
古色蒼然
波のまにまに波まかせ
もう離ればなれはいや
必死に板切れにつかまっている
先生に引率されて幼稚園から帰ってくるはずだった幼な児たち
ひっぱりあげようとしたのにするりとすりぬけた

海
という一語が親しげに寄り添ってくる
神の谷から辻堂を抜けると
なぎさでは金色の魚が泳いでいた

毒を持っているから食べられないよ
紅いのも
純白の二枚貝だって
食べられないから
声はしたのに
幼な児たちの小さい手
どこにもなかった

もつれた彼方ほどけない

うす闇のなか東石ころがる
震える波動がちぎれて傾いた地割れの天空に吸いこまれ
漏斗状になって舞いあがった
どの角を曲がっても壊れている
床板や根太
脊椎に似た白っぽい骨のようなもの
さわる
こする
墓穴につづくねばねばの
生臭い迷路駆け抜けようとするほどに

ぶつかる
こわれる
なげだされる
えぐられた大きな穴の中央に宙ぶらりんの声のない声
ふりしぼるとハレーションが起きた
とうとう破片
はさまれた足首引っぱっている
見知らぬ老人が話しかけてきた
ここを抜け出す思案はないかね
どんなに辺境な土地だって闇よりさらに暗くったって
おれはもともと失明している
はげしく迫る
火の手水の手
地面の手
もつれた彼方ほどけない

耳凪ぎ目凪ぎ

かくれんぼ

マングローブの森の
ざわめく樹葉のあいだから一筋の光がとどいたので
そのうえには青空があると知った
そろりそろり光の筋を伝っていく
近未来に通じているかもしれない
空気が稀薄になって器官が押し狭められていくようだ

使い古された言葉につきまとわれながら
もっとうえにはたしかに干潟に通じる道があるはず

記憶の杖は迂回路を経巡る
島のはずれのちいさな町
雲の影がゆったりと横切っていった

かすかな日射しに木で編んだくぐり戸が浮かびあがった
水のにおいのする幼な児が戸口から顔を出して
スナドリネコが狙っているよと大声で叫ぶ
からだのなかのわたしの海がさわいだ
すぐそばに呼吸根があることには気づかなかった
胸元がやけに苦しい

指先がからだの底をかきまぜては主題をさぐっている
硬直してもんどりうって
マングローブの森から転がりでた
歩き疲れて

道に迷った
海岸線がのびていた
幼な児がいない

クヌギの木の葉の影は濃い
飛び跳ねたり
葉裏にかくれたりよじれたり
わたしの海はいまだ天空に貼りついたまま

部屋の内《うち》外《そと》

知らないうちにネズミにでも齧られていたのか
どこからともなく雨が激しくぶつかりながら侵入してくる
わたしの部屋は密室だから
こじあけられる心配なんてしていなかった
夜に染めあげられた雨はすこぶる怖い
気儘に断続的にいつ果てるともなく
それからは名を知らぬ樹が距離をはかりながら視線のなか
幹が緑で
葉が茶色
こんなへんてこりんな樹は見たことがない

びしょ濡れの先端の行方はと目を凝らしている
樹は脳天の壁を喰いやぶる勢いで伸び
雨はいつのまにか滝となって天に向かって落ち
明け方一羽の白い鶴が舞いおりた
鶴は脂粘土を詰め
穴の修理に余念がない
その仕事ぶりとは反対に危険水域は依然上昇するばかり
時間が濡れて落ちないように
かがみこんでうつつの密室に施錠している
確かにあれは白い鶴だった
時代遅れと笑われてもいい
時代は変わるものだ
わたしは黙って手足を洗う
さっきの樹のてっぺんはすっかり視界から消え
記憶ばかりは果てない

めぐる季節

時空に楕円のかたちした黒い巨大な陥没
その底からしたたり落ちる樹液のさらにむこうに
寄り添って立つ人型の印画ふたつ
もうずっと昔いなくなったはずの父さんと母さん
よもや剝製では
歳月は声のない叫びをあげつづける
倒れた本棚の蔵書で身動きできない
棚から飛び出たワインやウイスキーの瓶
スピーカーが頭上を飛び越えていった
抒情のひとかけらもない朝

天と地の混沌に
首筋や手首足首つかまれた
怖い怖いと舌は動きまわり怖いはのどの奥まで突き通した
恐怖は人を饒舌にするや
自問自答するわたしに夜鳥の啼き声しきり
直下型の激震の都市についてわたしが話しかけると
いいやわしゃ戦争に行ったがそっちのほうが凄かった
荒野に白骨るいるい　センソウの話ならまだいくらもあるぞ
灰色のあごひげをつけたじいちゃんまで飛び出てくる始末
地面が裏返って眷族びっしり揃っても煮こごり
あの日の朝の雪
ちらほらきょうも舞い
右へ曲がれば穴ぼこだらけの時空地帯
ゆっくりとローソクが燃えていく
変容する季節をやっとここまで歩いてきた

訣別考

あしたを待たずに転がり落ちる闇のなかの黒い馬
きょうとあしたが交錯する
馬はいつからかわたしの内部に何頭も棲みついていた
なにを隠そうその一頭が天空を突き破ったかとみるまに海のむこうの
はるかかなたの国へとなだれていった
要心要心
ご要心
大雨洪水強風波浪警報が字幕に流れ
大荒れの路上で立ち往生

それからすっかり白くなった毛髪が大量に抜けた
鈍い音さえして
予期せぬかみがみとの訣別

大切なその抜けた毛髪
一本ずつていねいに掻き集め容器に収める
しっかりと密閉する
きょうときのうが交錯する尾根にまたがったまま
ゆきあたりばったり
海のむこうのはるかかなたの国へとなだれていった馬
の背中追いかけた
要心要心
ご要心
といったって思惑なんてしょせんは外れる
わたしの季節はすでに玄冬

ここはどこの細道だ

こんなところに忍びこんでいるなんて
余計な口をきくではないと刺客
その男について何かを知っているわけではない
それなのにどんなことをしても一本勝ちすると挑んでくる
刺し違えてもとさえ言ってくる
情報を五線譜に隠して
わたしの家の濡れ縁にへばりついていたことがあった
ハナミズキの木目に
指を突っこんできたから無視してやった
市営地下鉄谷が淵の急な勾配の彼方は

まさしくこの世のクロスワードパズル
タテのかぎヨコのかぎこじあけて
正方形の窓もない部屋に逃げこんだ
ハナミズキの木目に指突っこんでかきまわしたからといって
倒壊した柱や梁の修復はできるだろうか
マインドコントロールにはまっている
その升目に拉致されている
陥穽にはめられている
頭のなかがいやに痛い
それって恋かもよ
したり顔で甘くささやく刺客の男
いえいえ　硬膜下血腫です
救急車で運ばれて
嘘ついてないのに針千本飲まされた
その一寸先は寒風吹きすさぶ想定外

耳凪ぎ目凪ぎ

闇は波立ち
わたし
不在のような気がしてならない
いないという名の地平
摑もうとしてのばした指先
たしかにさわった
屈折や伸縮
裏返し
耳や目やその凪ぎ地図ほど枯れて

誰かが入ってきた気配はするがすでにその町名は沖に流されて
張りつめた恐怖が横切っていった
闇はなお波立ち
不在のわたし
キンモクセイの内側にもぐりこむ
ささやかな生活の痕跡にさわる
闇は波立ち
虚空に
魚の影

*

いきおいよく足を踏み出せば
行けるか
行けまいか
実地見分

と思いかけて言葉を飲んだ
奇妙な音が近づいてくる
生きている人間みたいに笑いながら
腕は肩の付け根からないのにないてのひらで顔を押し隠して
あれは海藻だろうか
ねばねばするアカモクなら美味なのに
海藻ならぬ女の長い髪の毛になってまとわりついてくる
何もかもかなぐり捨てて
国会答弁なんか聞いているばあいではない
どんな手続きをするにせよ待ってなんかいられない
ああ
早くみつけてほしい
音になって落ちたすっかり汚染された海

＊

切り立つ耳奥の壁のてっぺんには
得体のしれない光るものがある
奇妙な音する
その海辺の町の背中の凹みに
小さい芽が出たことは知っていた
わたしは薄い布をまとって神経叢の濡れ縁に腰かけ
終日ぼんやりとすごす
凹みの底は乾いていた
芽は這い出したかとみるまにひしめきながら群生
神経や血管にはけっして触れない
覚えておいで
捨て台詞を叩きつけて
五月の凮
戸口をかたく閉ざす
切り立つ岩肌に取り囲まれた踏み石が列をなしている

時がとまっている
対岸の突堤まで延びはじめる
耳や目やその凪ぎ
これを伝っていけば逃げられる
あるいは時間が経てばきっと
と思ったのは誤算だった
草色の部分がかすんで
むこうの沖合の暗いずっと下の見えないところ
さわぐ
草模様
その勢いはただごとではない
言葉ではとうてい太刀打ちできない
渇いたまま
しばし立ちすくむ

彷徨《さまよ》う

勢いはねじれねじれて
目にもとまらぬ速さで押し寄せてきた
地名がひらいてばらばらになり
家という家
木の柵や濠端の迷路の鉄条門が飛ばされていった

からだが放りあげられ深い繁みのなかに着地
そこを通り抜けようとしたところまではおぼえている
火曜日
水曜日

足踏み入れられない
火も水も怖い
眺望を得ようとは思わないとしても
事件はこんなふうにやってきた
言葉は腕の付け根から指の先足跡さえも連れ去られた

拉致の現場にはおおぜいの人がいた
浮きあがっては沈み
沈んだと思えば浮きあがり
あたりにはしぐさばかりが充満
しびれは肩から首筋ゆっくりと頭頂にまできた
夜はいつあけるか
海が陸になだれこむ音
あるいは陸が海に連れ去られる音
約束したおぼえのない音というのがあったなんて

＊

夜が深まるにつれ
幻覚が攪拌される
灯りの洩れる高台の懐かしい家族が
暗い水の底の藁屑木屑にうずもれて
窓もない入口もない気配ばかりに押し寄せられている

もうこれ以上落ちないというところまで落ちてしまった
引き寄せても届かない
ふとさわったときのうまでの過去が波間を横切っていく
寒さと怖さにからだをこわばらせて
びしょ濡れの髪の毛のあいだを行きつ戻りつ

その日は終日アンドレ・ブルトンの『ナジャ』を読んでいたかったのに

「わたしは誰か」の冒頭に倒れこんだ
痛みが立ちあがる
中央分離帯に乗りあげる
絶望のふかみの硬いしこりが地形に突き刺さる
あたりは何ごともないようにみえるのに
ああ
この球体の
こんなに暗い景色が無防備に

あわあわと
太古からの風
どこをどう歩いてきたのか
ここが通用門と言ったって引き返せませせん

*

においもない厚みもない
荒れ放題の猫じゃらし
点
としか言いようのないすべてが切断されている
所在地不明
頭は重い
どん詰まりの生温かい風淀む場所
からだが反転しながら浮きあがっていく
世の中の流れとは明らかにちがう

真っ暗な穴の底のまたその底に囲まれた空間
地震に備えた非常用持ち出し袋がみつからない
脱出する術
教えてよ
聞こえてくるのは奇異としか言いようのない声

見知らぬ人が軽く会釈して通り過ぎていった

時間が音立てて裂けめのむこう側にこぼれていく
声が橋を渡っていく
ここがまぶた
ここは鼻孔
と言ったって反転する
どん詰まりのここ生温い風淀む場所

昨夜は風邪だった
アイスノンを額に乗せて寝入った
目を開けてまた閉じていると脳のなかに水が流れこんでくる
反り返った声がしめった骨片をつかんでいる
からだが浮きあがっていく
水嵩ますます増えていく

逆光

黄色い花弁が渦を巻き
その中心がかぼそくなって掻き消されていった
急変するなんて思ってもいなかった

光源にむかって
出会ったばかりの色調がちりぢりになる
追いかけたけれども取り逃がしてしまった
見えているようで見えなくなってしまう瞬間を今も探している

野原を風がわたり
黄色い色彩が草原になびかせた斜面を転げていく
生きながらえてきた歳月
しっかりと手の内に映しとっておきたいと思った
光はうつうつと波打ち
緑色の鱗みせて乱調

その日はとても天気がよかった
まぶしすぎる陽だまりでおしゃべりに夢中だった
逆光と思った瞬間
自制する時間もないままうちのめされ
光の洪水に切り刻まれたとしても
だれも気づかないかも

幻色《げんじき》

そのとき
時間を越えたこちら側に
かつて見たこともない赤花を見た

膨張したり縮小したり
うごめいているばかりの根も葉もない植物
その下を歩きつづけていた
疑うことさえ知らずに雨あがりの先ばかり見て
折りから山の稜線に落ちる夕陽

ああ真っ赤な
あの水滴の群れ

最寄り駅へ坂道をくだっているようだった
とつぜんビルディングが立ちはだかり
視界をさえぎられた

廃屋の
廃市の
廃語の
すべては廃れてなにもない
だから手ぶらで
一気に突きあげ突きあげられて縦揺れの今はないビルの記憶
窓枠という窓枠が北によじれて
吹き飛んだ屋根の下には

それでも円らな朝が
転々と

やがてアスベストが大都会を覆い
空が剝がれて落ちてくる
碁盤遊びだった
記憶は今も湿っている

漆喰で固められた
県境の曲がり角で
樹木の翳だけが横たわっていた
根っこは狼狽
壊れたコンクリートの亀裂部から衝撃を縫って
なりふりかまわず飛び出してきたその根もない葉もない赤花のこと
わたし無知だった

廃屋の
廃市の
廃語の
すべては廃れてなにもない
てのひらに掬ったとき
また幾度となくこんどは左右に揺れた
今までなかった内側がねじれて湾曲して引き裂かれて
不完全なまま完全に
くっきりと姿を現したのは
時間を越えて
性懲りもなく
奇妙としか言いようのないあの色

乾河をわたる

O　の字の
口閉じられた
と思ったらまたほどけて
なにかを語りたげに
それは乾河をわたってやってきた

O　の字の
口の奥
そのあかくぴらぴらぴらぴらするあたり

息を吸ったり吐いたりするたびに
すぼんだりひらいたり
ようやく夕暮れがせまってきて
雨にぬれた横断歩道の白線につまずいて後頭部をしたたか打った

何も思い出せないまま一夜にしてかわった風むきに触発された
その字のなかに呼び戻された

疲れているのね
昏迷の河をわたってこんなに遠くにきてしまったんだもの
そうやって
口ひらいて
寂しいなら寂しいといえばいいのに抒情はすべて封印して
いびきは言葉ではないから伝達ではなく
埋もれて消えてしまったとしても

責任の所在を問うつもりは
毛頭ない

今夜はしきりに道草をくう夜です
まっすぐに歩いているつもりなのに
ずれて
遠くに
真実は桎梏の闇の方角からやってくることを知った

O　の字に
口ひらいて
白河夜船をきめこんで
そうやって誰もかも遠くに行ってしまう

遠ざかる時刻

光芒

一冊の海の詩集をかかえて家を出た
たそがれの曠野を小さくハミングしながら
どこかで懐かしい人たちの笑い声がする
なにがそんなに可笑しいのかと問いたくなる衝動をおさえている

いわし雲と名づけられた海
その輪郭が崩れる刻限なお遠のいて水の果てを言葉少なに
たしかにその岐路を発ってきたのだった
海松のにおいもすでにない

見渡せば死者のにおいふんぷん身動きがとれない
膝小僧に血がにじみからだがほてり
そしてそのようなものすべてを封印する意図をもった
一冊の海の詩集小脇にかかえ気後れするにまかせ

最初のページが無風のなかでゆっくりとめくれていくのだった
めくれながら孕んだ苦しみと傷み
おもむろに引きずり出すのだった
死者のにおいに満ち満ちているこの世界

いわし雲と名づけられた海に腕突っこんでかき混ぜる
世界は輪郭が崩れ記憶のむこう側へ遠いものはなお遠のいて
一篇そしてまた一篇ていねいに編んだ一冊の海の詩集
言葉さわれないまま結びめほどけないまま

殃禍

からだがひしゃげていく
移動しながらきしみ音
だれかを呼んでいる気配はするが言葉はなく

手にしていた単行本の背表紙に放りあげられた
やっとの思いでぬかるむページのくぼ地に逃げかくれする
どうにも得体のしれない
全身真っ黒
金色に光る眼球が見えた

ちょっとやそっとでは消えそうにない
まばゆいばかりの残照のなか
さらにそのむこう側に鮮烈なひかり

シャープペンシルをにぎりしめて
木の葉に小さい円をいくつもいくつも描いている
中心にはさっきの眼球

きのうにつづいてきょうも大地が揺れている
座骨から股の付け根
太もも
脹ら脛
頭上で雷が鳴った
と同時にはげしい風雨

裏返りながら地平が鎌首もちあげた
落石のかたわらで失神している
それはわたしのなかに巣ごもる殃禍
崩落した防護壁の夜の

ナナ

まじかに来ているのは知っていた
渓谷の地下に埋もれていた古代村落が発掘された
という記事飛びこんできたけれど知らんぷり
村落はニレやカシワの森におおわれていた
黒猫ナナは伸びあがって
爪をたてる
嚙む
のとはちがう
でも痛い

そのむかし人びとは半島を横断していったよ
とつぜん話しかけてくる
ナナ
ざらり
舌触り

こんどは伸びあがって二の腕に爪をたてる
人恋しい
のとはちがう
きのうじいちゃんが半島を横断していったよ
しきりに話しかけてくる

忍び足でナナがゆったりとした姿をみせた
毛並みのなかで光る金色の目

の構成する光景
開かれたり閉じられたり
地球の裏側の
たしかに埋まっていたはずの古代村落

なにを言おうとしているの
そして誰にむかって
解不定
子どものとまどう声がした
ナナ
あいかわらず知らんぷり
長い尻尾
のたりくたり前後左右に動かして

遠ざかる時刻《とき》

重たい区切り

吹き抜ける風に足をとられた記憶が虫喰いの穴となっている
かつてここに住んでいた人たち誰ひとりいない
脈打つものの気配すらない
湧き水が足うらをしめらせる
水源はどこにあったかふかくは問うまい

そのうち忘れられる運命なき運命としても

戦後七十五年
この区切りは大きい
どこかで野犬が吠えている
犬ならばもう何世代送ったろう

珍しく小雪舞う真昼
からだのなかを浮遊する枯れた桜の巨木を
灰色の作業服がやってきて
慣れた手つきで一気に伐採した

根の領分

湿っている部分が蒼く光ってその灯りを頼りに歩いて道半ば
こんな土のなかに居場所をみつけて久しい
そこここに土器のかけら
木簡　化石　爬虫類
この暗がりに発語の根延びよ
わたしすっかり根の領分

降り積もる古代からの足跡たぐりよせる
からまる木のその根毛の先は小刻みに震え
先祖代々の墓碑銘
さわる
さわっている

倒壊した家の裏手の
樹齢五十年に近い桜の樹も道路側に傾いた
修復した塀に幹の半分をセメントで固定した
空蟬が鈴なり
木蔭の樹液に
割れた背骨の浮島に
吹きさらしの風

いま、奥付に

階段が腐りはじめ家族はひとりずつこぼれ誰もいなくなった
新玉葱は薄い半月切りにしてシラス干しに熱湯をかけ

今夜はオニオンスライスねといった人に
何をクロスさせたらいいの

切り干し大根を炊いている手をやすめて闇の暗さを目におさめる
一度だけのことにしておこう
いつものようにひと休みしようよ
もう満々とは生きられない

うっそうと茂る裏手の廃屋を後生大事に抱きかかえ
それからは世界がしずかに開示するのを待つ
かすかな月明かりがまっすぐ届く夜半
細い道を歩いていて壁にぶつかりそうになる

紫蘇の葉に指先を染め見えない生命線たどりながら
虫喰いだらけを机上にうつしている

2Bの鉛筆三ダース以上使って中学生になった家族のデッサン
書き終えていま、奥付に

綻《たん》

飛び出したゲル状は
生たまごの白身に似ているが美味ではない
口をぬぐうと風が立って
思いもよらない速度が
旋回する

電線に鳴る虎落笛
神経根をいたぶるから昏迷は深まるばかり
目を凝らせば

膝は〈く〉の字に曲がったまま
激しい痙攣を粘着テープに固定する

脊柱をしっかり支えたつもりがどうしたことでしょう
半身が沈下する
しきりに汚水が還流する
回帰するツール
綻

箱の内部にあってしじまを染めながら立ちのぼる
神経もしくは毛細管
石だか骨だか節々だか
こちこちこちする先端の
むやみやたらに移動するそのゲル状

今までさわったことない
見たことない
荒涼の彼方はなんだか得体のしれないことばかり

事件

架空の町がありまして
さらわれながら窓枠にしがみついていました
地図の真ん中で子どもがひきちぎられています
季節はずれの
花いちもんめ

うつつが立ちのぼり
午前五時四十六分
窓枠にしばりつけています

動いていく淵から淵へ
困ることだらけでした

架空の町のほの白さ
限界をのぞきこんでいます

いずれにしても
きのうの方角へと来歴を辿るのが精いっぱいで
こぼれ落ちるかもしれない亡きがら
ひたひたひたひたひたひたひたひた
行こうかな
戻ろうかな

はるかな底部がそのとき
また動きました

罠

足首にまあるい輪っぱがはめられた
水辺はそこだけ曇っている
裏返された水草
あたりに
こぼれ
ここでは何の役にもたたないというので
はめられた輪っぱをはずそうとやっきになる

水辺は沈みはじめている

遠くで誰かが檄を飛ばしている
背負った大きな方舟は足もとにおろせ！

不意に現れた水辺によって仕掛けられた罠
ずらして
もつれて
倒れこむ
こうしてあしたの企みはかくすのか

背後から霧の息づかいさえ聞こえてくる
なにもかもやりすごして
帰りたくない

ときに水辺は
あわい翳

よっぴて草笛に似た音色ながれ
象られた音と音
相乗させて
仕掛けは
上々
足首にはめられたまあるい輪っぱ
水辺はそこだけ曇っている

そこにいるのは誰

そっと部屋を抜け出して他人の目になると
沈んでいるのだった
暗がりにときとして現れるわたしの庭
留め金をはずして引き戸を力いっぱいたぐり寄せれば
今も降りつづいている豪雨

だれかとすれちがった気配にはまぶたを閉じ
足もとで猫が鳴いたときも
見て見ぬふりをした

となりに誰がいたかなんて思い出せない

それからは濁流
狂いながら道路や人びとを飲みこみ
つぎに見たときはすっかり水の底

不意に暗がりに現れるわたしの庭
空がはるか遠くでかすかに揺れている
かぞえきれない幻の魚をひそませている
空腹に堪えきれなくて
どうか助けてくださいと叫んでも
胃の腑に凍ったままよこぎっていく茨道
となりの誰かは永遠に不在

不眠

眼下は
崖っぷち
今夜のわたし
行き場失っている

神棚に
葉っぱでくるんだ食べ物の小さい包み供えた
おりておいで
まんべんなく

ひろがる空

どうぞお願いです
顔のなかの陰翳ください
口
のなかの
吹きっさらしください
爪
のなかの
遠隔操作

ください
ください

夜が乾いて

羽撃いて
わたしの指先
夜沈沈

胸や脇腹をつついてひときわ強く呼吸を圧迫
今夜が傾いていきます
心音みだれていきます

疲労困憊打つ手なし
なんて言わないで
行き場失って立ち往生

どこかでなんども電話のベルが鳴るんですよ
受話器を取ると切れる
水だか花だか

電波だか
火だか
岩だか
迷走だか

夜陰にまぎれ
眠れないまんま

わたしと猫と蟋蟀《きりぎりす》

きっかり時間どおりに
いつの日からか庭を往来するようになった
雄猫は
冷たい月光のなかで狩りの姿勢をとっている
急速に気温がさがり均衡を欠いたか
それとも無防備にこころをひらいたか

蟋蟀は
ずれた季節にもはや跳ぶ気配はない

猫なりの知能指数は謎めいている
中空へむかって
猫と蟋蟀のよぎる沈黙の対峙は果てない
季節はいちめんの枯野
乾いている
傾いている
そのうえねじれにねじれて

時は文明の黄昏どき
目を合わすまいとしていたのに
冷たい月光のなか
猫は蟋蟀から視線をはずし
おもむろにわたしを見た

たかとう匡子　たかとう・まさこ
一九三九年、神戸市に生まれる。神戸市在住。一九六一年から二〇〇四年まで高校の国語教師。「イリプス」同人。「時刻表」編集発行。詩集に『ヨシコが燃えた』『神戸・一月十七日未明』『ユンボの爪』『地図を往く』『立ちあがる海』『水嵐』『水よ一緒に暮らしましょう』『学校』（小野十三郎賞）『女生徒』『現代詩文庫・たかとう匡子詩集』など。エッセイ集に『竹内浩三をめぐる旅』『地べたから視る――神戸下町の詩人林喜芳』『神戸ノート』『私の女性詩人ノート』『私の女性詩人ノートII』（日本詩人クラブ詩界賞）、絵本に『よしこがもえた』などがある。

耳凪《みみな》ぎ目凪《めな》ぎ

著者
たかとう匡子《まさこ》
発行者
小田久郎
発行所
株式会社 思潮社
〒一六二―〇八四二 東京都新宿区市谷砂土原町三―十五
電話〇三(三二六七)八一五三(営業)・八一四一(編集)
ＦＡＸ〇三(三二六七)八一四二
印刷・製本
創栄図書印刷株式会社
発行日
二〇二〇年四月二十日